Der Aalmagnet aus Parchim
Vom Wunderkind zum Geächteten

FSC
www.fsc.org
MIX
Papier aus verantwortungsvollen Quellen
Paper from responsible sources
FSC® C105338

Herold zu Moschdehner

Der Aalmagnet von Parchim

Vom Wunderkind zum Geächteten

Bibliografische Information der Deutschen Nationalbibliothek
Die Deutsche Nationalbibliothek verzeichnet diese Publikation in der Deutschen Nationalbibliografie; detaillierte bibliografische Daten sind im Internet über http://dnb.d-nb.de abrufbar.

ISBN: 978-3-7693-0710-8

Verlag: BoD · Books on Demand GmbH,
In de Tarpen 42, 22848 Norderstedt
Druck: Libri Plureos GmbH, Friedensallee 273,
22763 Hamburg

9,99 Euro

Vorwort

Die Geschichte, die Sie in den Händen halten, ist die eines Fischers und eines Mannes, dessen Leben durch ein uraltes Vermächtnis bestimmt wurde – die Gabe, die dunklen Wasserwelten und ihre Bewohner auf eine Art zu verstehen, die über das Menschliche hinausgeht. *Herold zu Moschdehner: Der Aalmagnet von Parchim* ist keine gewöhnliche Erzählung von einem Leben am Seeufer; es ist eine Geschichte über Generationen, Geheimnisse und die Linie, die sich tief durch das Wasser einer Familie zieht, das, wie das Leben selbst, seine Mysterien nur jenen offenbart, die bereit sind, in die Tiefe zu tauchen.
Jockel Himmelschra, der „Aalmagnet", ist ein Held wider Willen. Er lebt in einer Welt, die ihm die Freiheit schenkt, die Wasserflächen und ihre Geschöpfe zu lenken und zu lieben, doch gleichzeitig zieht ihn ein verborgenes, dunkles Erbe tiefer hinab, als ihm bewusst ist. Denn Jockel trägt das Gewicht seiner Vorfahren, die selbst in den Gewässern verschwanden und eine Spur hinterließen, die ihn zur Wasserwelt führte – und zu den Köpfen der Tiefe, die über Generationen hinweg ein Auge auf ihn haben.
Doch *Der Aalmagnet von Parchim* ist mehr als eine Geschichte über Wassergeister und mystische Aale. Es ist eine tragische Chronik über das Erbe, das aus der Liebe, dem Verlust und dem Opfer entsteht. In Jockels Reise finden wir eine tiefe Parabel über die Kraft der Entscheidungen, über das Schicksal, das wir selbst bestimmen müssen, und die Momente, in

denen wir das Vermächtnis an jene weitergeben, die uns nahe stehen.
Mögen Sie sich an die Wasseroberfläche lehnen und den Stimmen lauschen, die aus der Tiefe flüstern. Denn wie Jockels Großvater ihm riet: *Achte stets auf die Köpfe*.

Kapitel 1: Der König der Aale

Wenn es in Parchim etwas gab, worauf man stolz sein konnte, dann war es der Ruf der Aalfischer. Fischer galten hier als eigensinnige, wortkarge Gestalten, die das Wetter wie Gedichte lesen konnten und über Jahre eine geheimnisvolle Symbiose mit dem trüben Wasser eingegangen waren. Doch keiner dieser Männer genoss auch nur annähernd die gleiche Achtung und den Respekt wie Franz Himmelschra, Jockels Vater. Manche nannten ihn den „Aalkönig von Parchim", andere schmunzelten über seine stoische Ruhe, mit der er auf all die angeblichen Fischerweisheiten reagierte, die ihm von jüngeren Kollegen zugetragen wurden.
Franz Himmelschra hatte diese übernatürliche Aura von jemandem, der nicht nur ein Handwerk verstand, sondern sich mit ihm verbündet hatte. Wenn er mit seinem kleinen, inzwischen etwas klapprigen Kahn am Ufer auftauchte, konnte man den Eindruck gewinnen, die Fische selbst hätten sich längst an diesen seltsamen Pakt mit ihm gewöhnt – ein Pakt, der für Außenstehende so undurchsichtig und rätselhaft war wie das dunkle Wasser des Kanals.
Jockel, gerade mal zwölf, sah seinen Vater als eine Art Heldenfigur, wenngleich eine merkwürdig stille und stoische. Die Art von Held, der seine Unterhemden selbst flickte und eine bemerkenswerte Affinität zu alten, abgewetzten Fischerhüten hegte. Franz sprach selten über die „Magie des Fischens", und wenn er es tat, war das eher eine trockene Anmerkung, als wäre das

ganze Wunder des Aalens lediglich eine Frage der Geduld und der richtigen Köderwahl.
Der Tod seines Vaters kam schließlich nicht durch ein dramatisches Sturmunglück, wie es vielleicht ein norddeutscher Dichter mit Hang zur Melancholie bevorzugt hätte, sondern vielmehr als eine unerwartete Kapitulation des Herzens. Es geschah an einem gewöhnlichen Mittwoch, an dem Franz wie immer in aller Frühe hinausgefahren war, um seiner geheimnisvollen Leidenschaft zu frönen. Er kam an diesem Tag einfach nicht zurück.
Die Nachricht traf Jockel und seine Mutter wie ein kalter Wasserstrahl. Die Welt, so wie sie sie kannten, drehte sich plötzlich um eine winzige Achse, die ein Stückchen weiter hinten und schief hing. Die darauf folgenden Tage waren von einer seltsamen Leere und schwerfälligen Bewegungen erfüllt. Das Haus war ungewohnt still ohne die abendlichen Erzählungen von „einem besonders klugen Aal, der ihm dieses Mal entwischt sei“ und anderen Geschichten, die Jockel erst jetzt als Vaters ganz eigene Art der Poesie begriff.
Eine Woche nach der Beerdigung kam Jockel zum ersten Mal wieder an den Kanal. Es war eine stille Stunde, die Dämmerung hing über dem Wasser wie eine graue Wolldecke, die kaum mehr als ein paar Zentimeter über der Wasseroberfläche schwebte. Jockel starrte ins Wasser, seine Gedanken wanderten, und irgendwo in der Ferne hörte er das unverkennbare Glucksen der Aale.
Es begann mit einem leichten Prickeln in seinen Fingern, das so schwach war, dass er es zunächst

kaum bemerkte. Doch dann, als seine Blicke tiefer ins Wasser glitten, fiel ihm auf, dass sich die Aale zu bewegen schienen. Und nicht nur das: Sie bewegten sich auf ihn zu. Ein merkwürdiger Schauder ergriff ihn, als wäre er plötzlich der Mittelpunkt einer Versammlung, zu der er gar nicht eingeladen war. Die Aale kamen langsam und in absoluter Stille näher, ihre glitschigen Körper glitten fast lautlos durch das Wasser, und Jockel wusste beim besten Willen nicht, ob er sich geehrt oder verängstigt fühlen sollte.

Jockel kniff die Augen zusammen, rieb sich die Handflächen aneinander und versuchte herauszufinden, ob er sich das Ganze nur einbildete. Doch die Aale schienen unaufhaltsam – wie eine aalglatte Armee, die sich ohne Erklärung und Anweisung zu ihm aufmachte. Ihr Ziel war klar, und ihre Bewegung war bedächtig, fast ehrfürchtig.

Er versuchte, sich einzureden, dass es ein Zufall sein musste. Vielleicht hatte sein Vater eine besonders attraktive Fischsauce hinterlassen, die irgendwie an seinen Kleidern hing und die Aale so faszinierte. Oder vielleicht war es einfach der friedliche Sog der Abenddämmerung, der die Tiere in Bewegung brachte. Doch nichts von alldem machte wirklich Sinn. Denn die Aale schienen auf ihn fixiert zu sein, als wäre er ein leuchtendes Signal, eine unausgesprochene Einladung in aalischem Morsecode.

Als einer der größeren Aale direkt vor ihm aus dem Wasser blitzte und mit einem fast unsichtbaren Kopfnicken wieder untertauchte, wurde Jockel klar, dass dies nicht irgendein

seltsames Naturphänomen war. Es war etwas Magisches, und seltsamerweise fühlte er sich in diesem Moment seinem Vater so nah wie nie zuvor.
Er stand eine Weile am Ufer und beobachtete die seltsame Parade, wie sie sich ihm zeigte und wieder verschwand, fast als ob die Aale ihre letzte Ehrerbietung vor dem Sohn des Aalfischers darbringen wollten. Nach diesem Erlebnis begann Jockel vorsichtig und heimlich mit Experimenten, stets darauf bedacht, dass niemand sein Geheimnis erfuhr. Was, wenn man ihn für verrückt hielt? Oder schlimmer noch – für einen Zauberer? Die Vorstellung, als Hexer von Parchim zu enden, gefiel ihm weniger. Also schwieg er und übte nur dann, wenn er sich ganz sicher fühlte.
Und so begann das geheime Leben des Aalmagneten von Parchim.

Kapitel 2: Ein geheimes Bündnis mit der Tiefe

Es war ein früher Samstagmorgen, und Jockel saß, wie so oft in den letzten Tagen, allein am Kanal. Die Sonne war noch nicht aufgegangen, und das Licht schien nur zögernd durch das Morgengrauen zu sickern, als ob es selbst nicht sicher wäre, ob ein neuer Tag lohnte. Jockel hatte die Nacht kaum geschlafen. Die Worte seiner Mutter „Wie dein Vater" klangen noch immer in seinem Kopf nach, und er konnte das Gefühl nicht abschütteln, dass hinter dieser Gabe mehr steckte, als er bisher zu verstehen wagte.
Der Kanal lag still da, das Wasser eine dunkle, glatte Fläche, die sich langsam kräuselte, als ob unsichtbare Hände darunter verborgen wühlten. Die Aale – seine Aale, wie er sie jetzt zu nennen begann – glitten irgendwo dort unten in ihrem kalten, schattigen Reich dahin, und Jockel spürte, dass sie auf ihn warteten.
Er stand am Ufer, steckte die Hände tief in die Taschen seines Hemdes und versuchte, das Kribbeln zu aktivieren, das ihm in den letzten Tagen zur Gewohnheit geworden war. Es begann immer in den Fingerspitzen und kroch dann wie ein warmer Strom durch seine Hände und Arme, bis es sich in seinem Brustkorb sammelte. Wenn er sich konzentrierte, konnte er fast spüren, wie sich die Kraft entfaltete, als würde er das Wasser unter ihm zu sich rufen.
Langsam begann er, das Muster zu verstehen, das ihm die Aale zu geben schienen. Es war wie eine geheime Choreographie, ein unsichtbarer Tanz, den nur er führen konnte. Die Aale kamen

in einer Art Kreis auf ihn zu, als ob sie ihn zum Mittelpunkt ihrer Welt erklärt hätten. Jockel hatte versucht, seine Fähigkeit zu testen, herauszufinden, ob es Grenzen gab, wie stark oder weit er sie heranlocken konnte.
Nach und nach entdeckte er, dass er ihren Bewegungen eine Art Richtung geben konnte. Wenn er seinen Blick schweifen ließ und sich auf eine Stelle des Wassers konzentrierte, dann sah er die Aale an genau dieser Stelle aufblitzen, ihre geschmeidigen, schattenhaften Körper wie eine unsichtbare Armee, die auf seine Befehle lauschte. Er musste nur seine Hand leicht in eine Richtung heben, und sie folgten ihm, als ob eine unsichtbare Schnur sie zu ihm führte.
Es fühlte sich an wie ein geheimes Bündnis, eines, das er selbst nur teilweise verstand. Er fragte sich oft, was passieren würde, wenn jemand anderes seine Gabe entdeckte. Vielleicht würde er als „der Aaljunge von Parchim" bekannt werden – eine Vorstellung, die ihn gleichermaßen kitzelte und beunruhigte. Denn je mehr er sich seiner Gabe bewusst wurde, desto mehr spürte er das Gewicht, das damit verbunden war.
Doch Jockel wäre nicht Jockel gewesen, wenn er nicht auch ein wenig Spaß an der Sache gefunden hätte. An einem besonders dunklen Abend, als der Himmel sich zu einem dräuenden Grau zusammenzog und das Wasser unter ihm fast schwarz wirkte, beschloss er, die Grenzen seiner Fähigkeit auszutesten. Er wollte wissen, wie weit er die Aale tatsächlich heranlocken konnte. Die ersten zehn Meter fielen ihm leicht, ebenso die zwanzig und dreißig Meter. Doch als er die

vierzig-Meter-Marke erreichte, spürte er einen leichten Druck auf seinem Kopf, als würde sich eine unsichtbare Hand auf seine Stirn legen.
Er kniff die Augen zusammen, atmete tief ein und stellte sich vor, wie die Aale aus der Ferne zu ihm strömten. Die Vorstellung war absurd und doch fühlte sich seine Kraft plötzlich verstärkt an. Er konnte fast das leise Glucksen der Aale hören, die sich weiter und weiter heranbewegten, als ob sie seinem inneren Ruf folgten. Schließlich, nach einem Moment, der ihm wie eine Ewigkeit vorkam, spürte er das Prickeln, das ihm sagte, dass sie da waren – knapp hundert Meter entfernt.
Ein triumphierendes Lächeln stahl sich auf sein Gesicht. Er hatte es geschafft! Ein unsichtbares Band verband ihn nun mit den Wesen des Wassers, eine Macht, die ihm ein Gefühl von Stärke verlieh, das er nie zuvor gekannt hatte.
Aber gerade in diesem Moment, als er sich zu sicher fühlte, ließ seine Konzentration für einen Sekundenbruchteil nach, und das Kribbeln erlosch.
Die Aale, die ihn erreicht hatten, verschwanden augenblicklich im Dunkel des Wassers, als ob sie nie da gewesen wären. Jockel stand da und spürte eine tiefe Leere, fast als hätte er einen Freund verloren. Es war ein merkwürdiges Gefühl, das ihn tief traf und ihn gleichzeitig neugierig machte.
Er ahnte, dass das, was er tat, kein Spiel war. Es war ein seltsames, aber sehr reales Erbe, das ihm sein Vater hinterlassen hatte. Und in diesem Moment entschied er sich, mit dieser Gabe etwas

Sinnvolles zu tun, und sei es nur, um seine Mutter ein wenig zu unterstützen. Der Aalverkauf hatte ihm in den letzten Wochen ein kleines, bescheidenes Einkommen beschert, und er beschloss, dies in aller Heimlichkeit fortzuführen. Jockel begann, immer raffiniertere Methoden zu entwickeln, um die Aale heranzulocken, ohne dabei die Aufmerksamkeit der anderen Fischer auf sich zu ziehen. Er lernte, leise zu sein, sich im Schatten des Ufers zu bewegen, und er fand Wege, um die Aale so zu lenken, dass es aussah, als hätte er sie ganz traditionell gefangen. Wenn ihn jemand fragte, wie er es schaffte, immer so gute Ausbeuten zu erzielen, zuckte er nur mit den Schultern und grinste, eine Mischung aus Geheimnis und jugendlichem Stolz in seinem Blick.

Doch tief in seinem Inneren wusste er, dass dieses Geheimnis eines Tages ans Licht kommen könnte. Und in einem stillen Moment, während die Sonne langsam über den Kanal stieg und das Wasser in einem goldenen Schimmer erstrahlen ließ, versprach sich Jockel, dass er das Vermächtnis seines Vaters nie preisgeben würde – zumindest nicht, solange er es noch in den Griff bekommen musste.

Kapitel 3: Wie dein Vater

Der erste Markttag, an dem Jockel seine Aale verkaufen wollte, begann mit einem trüben Himmel und einem leichten Regen, der die Kopfsteinpflaster von Parchim in nasses Grau tauchte. Jockel war früh aufgestanden, lange bevor seine Mutter auch nur daran dachte, aus dem Bett zu kommen, und hatte in aller Stille seine Sachen gepackt: eine alte Holzkiste, etwas Zeitungspapier, und natürlich die Aale – seine ganz persönliche Sammlung, die ihn schon allein beim Gedanken daran ein warmes Kribbeln im Bauch spüren ließ.

Er hatte sich einen Platz am Rande des Marktplatzes ausgesucht, ein bisschen abseits, um keine allzu große Aufmerksamkeit zu erregen. Der kleine Stand, den er sich improvisiert hatte, bestand lediglich aus der Holzkiste, die er auf ein paar Steinen abgestellt hatte, und einem improvisierten Schild aus Pappe, auf dem in krakeliger Schrift „Frische Aale" geschrieben stand. Jockel wusste, dass dies sein erstes echtes Geschäft war und fühlte ein leichtes Zittern in den Knien, das er sich jedoch nicht anmerken ließ.

Als die ersten Käufer vorbeikamen, beäugten sie ihn skeptisch, aber er ließ sich nicht beirren. Geduldig und mit einem Lächeln, das vielleicht ein bisschen zu stolz war, wartete er darauf, dass jemand Interesse zeigte. Schließlich trat ein älterer Mann vor, ein mürrischer Typ mit wettergegerbter Haut und einem misstrauischen Blick.

„Du bist doch nicht mal alt genug, um Fisch zu fangen," knurrte er und zog eine Augenbraue hoch, als ob er etwas Gefährliches entdeckt hätte.
Jockel zuckte mit den Schultern und erwiderte lässig, „Aale mögen mich eben."
Der Mann schnaubte, warf einen letzten prüfenden Blick auf die glänzenden, schimmernden Aale in der Kiste und zog schließlich ein paar Münzen aus seiner Tasche.
Jockel nahm das Geld, während der Mann mit einem brummenden „Na gut" einen Aal in eine Stofftasche steckte und davonschlurfte.
Dies war der Anfang. Es dauerte nicht lange, bis sich herumsprach, dass der Junge am Rande des Marktplatzes gute, frische Aale hatte. Ein paar Markttage und ein paar Dutzend verkaufte Aale später war Jockel fast so etwas wie eine kleine Attraktion geworden. Er hielt sein Geschäft bescheiden und unauffällig, doch die Menschen begannen, ihm auf den Zahn zu fühlen. Manch ein alter Fischer, der neben ihm stand und ihn misstrauisch beäugte, fragte sich, wie es der Knirps schaffte, so regelmäßig Aale in seiner Kiste zu haben. Doch Jockel gab keine Antwort und schüttelte nur den Kopf, wenn man ihn fragte, woher seine Aale denn wirklich kämen.
Seine Mutter wusste von all dem nichts. Sie war sich zwar bewusst, dass Jockel oft frühmorgens das Haus verließ, und hatte ihn einmal vorsichtig gefragt, was er draußen tat, doch er hatte nur vage geantwortet, dass er „die Natur erkunde."
So lange er pünktlich zu den Mahlzeiten zurückkehrte, ließ sie ihn gewähren.

Doch eines Morgens beschloss Jockel, etwas zu wagen, das ihm bisher nie in den Sinn gekommen war. Er wollte seiner Mutter eine Überraschung bereiten und einen ganzen Korb voller Aale nach Hause bringen. Vielleicht, so dachte er, würde sie dann verstehen, dass er etwas Einzigartiges entdeckt hatte. Also machte er sich früh auf den Weg, nutzte seine Gabe, um eine ansehnliche Menge Aale in seine Holzkiste zu locken, und marschierte mit seiner glitschigen Beute zurück nach Hause.
Als er durch die Tür trat und die Kiste auf den Küchentisch stellte, sah seine Mutter zuerst überrascht aus. Sie war gerade dabei, das Frühstück vorzubereiten, und hielt in ihrer Bewegung inne, als sie die glänzenden Aale in der Kiste erblickte. Für einen Moment herrschte eine Stille, die so dicht war, dass man die Spannung beinahe greifen konnte.
„Jockel... woher hast du die?", fragte sie schließlich leise, ihre Stimme beinahe ein Flüstern.
Jockel zuckte mit den Schultern und murmelte eine ausweichende Antwort, doch in Wahrheit wusste er selbst nicht genau, warum er diesen Moment gewählt hatte, um seine Künste zu zeigen. Es war einfach ein innerer Drang, ein Bedürfnis, seine Mutter auf eine Weise stolz zu machen, die ihr den geliebten Vater, der so plötzlich gegangen war, ein kleines Stück näherbringen könnte.
Seine Mutter trat näher an die Kiste heran, ihre Hände zitterten leicht, als sie einen der Aale vorsichtig anstieß und seine glänzende, schleimige Oberfläche betrachtete. Und dann

geschah etwas, das Jockel vollkommen unerwartet traf: Ein feuchter Schimmer trat in ihre Augen, und sie lächelte ein wenig, ein trauriges, nachdenkliches Lächeln.
„Wie dein Vater," flüsterte sie, und ihre Stimme klang wie eine ferne Erinnerung, die an die Oberfläche ihres Gedächtnisses drängte. „Er hatte immer diese Gabe... es war, als würden die Fische ihn spüren. Als ob sie wüssten, dass er ihnen nichts Böses wollte. Sie haben ihn einfach... akzeptiert."
Jockel spürte ein merkwürdiges Stechen in der Brust. Diese wenigen Worte seiner Mutter gaben ihm das Gefühl, etwas Großes entdeckt zu haben – etwas, das ihn mit seinem Vater auf eine Weise verband, die er nie erwartet hätte. Es war, als hätte sein Vater ihm ein geheimes Vermächtnis hinterlassen, ein unsichtbares Band, das über den Tod hinaus Bestand hatte.
In den nächsten Minuten sagte keiner von beiden ein Wort. Seine Mutter strich nur leicht über die Aale in der Kiste, als wären es kostbare Schätze. Jockel beobachtete sie und fragte sich, was ihr durch den Kopf ging. Vielleicht erinnerte sie sich an die Tage, als sein Vater noch lebte und mit denselben Aalen aus dem Kanal zurückkam, ein stiller Held in ihrer kleinen Welt. Und nun, da er fort war, schien es, als hätte Jockel diesen Platz übernommen – wenn auch ohne genau zu wissen, was dies bedeutete.
Er konnte die Frage nicht länger unterdrücken. „Mama," sagte er schließlich leise, „meinst du, Papa hatte... so eine Gabe wie ich?"

Seine Mutter sah ihn an, und in ihrem Blick lag ein geheimnisvolles Funkeln. „Vielleicht, Jockel. Vielleicht hatte er mehr von den Aalen verstanden, als er je zugeben wollte." Dann legte sie eine Hand auf seine Schulter und lächelte. „Aber es ist deine Gabe, und was du daraus machst, ist ganz allein deine Entscheidung."
In diesem Moment verspürte Jockel eine Mischung aus Stolz und Ehrfurcht, ein Gefühl, das ihn daran erinnerte, dass er nicht nur ein Junge war, sondern auch das Vermächtnis seines Vaters trug. Er verstand noch nicht alles, was diese Gabe bedeutete, doch er wusste, dass sie ihn und seine Familie für immer verändern würde.
Und so nahm das Leben des jungen Aalmagneten von Parchim seinen Lauf – zwischen Markttagen, geheimen nächtlichen Besuchen am Kanal und einer neu entdeckten Verantwortung, die ihm sein Vater auf leisen Sohlen hinterlassen hatte. Was vor ihm lag, wusste er noch nicht, doch er verspürte eine leise Vorfreude auf die Abenteuer, die seine Gabe ihm bescheren könnte.

Kapitel 4: Der erste Kuss und der räuchernde Aal

Es war ein besonders geschäftiger Morgen auf dem Markt von Parchim. Jockel, inzwischen stolze sechzehn Jahre alt und so etwas wie eine lokale Berühmtheit, stand an seinem kleinen, bescheidenen Stand und bot seine Aale an. Die Geschäfte liefen gut – in einer Zeit, in der Nahrung knapp wurde, hatten sich die Menschen an seine stets zuverlässige Aalquelle gewöhnt. Einige munkelten schon, der Junge müsse irgendeinen mysteriösen Pakt mit dem Kanalwasser geschlossen haben. Jockel lächelte innerlich bei solchen Gerüchten, doch natürlich behielt er sein Geheimnis für sich.
An diesem Tag aber, so unscheinbar er auch begann, sollte etwas Außergewöhnliches geschehen. Jockel bemerkte sie sofort – das Mädchen, das sich ein wenig abseits hielt und immer wieder verstohlene Blicke zu seinem Stand warf. Sie war etwa in seinem Alter und hatte langes, dunkelbraunes Haar, das ihr über die Schultern fiel wie ein Vorhang, der ihr Gesicht halb verbarg. Sie lächelte schüchtern, und das allein reichte aus, um Jockels Herz zum Stolpern zu bringen.
Er hatte in den letzten Jahren nicht viel Zeit gehabt, sich mit Mädchen zu beschäftigen – die Arbeit am Markt und das Aufrechterhalten seines aaligen Geheimnisses forderten seine volle Aufmerksamkeit. Doch etwas an ihr, dieses schüchterne Lächeln und die Art, wie sie seine Aale betrachtete, ließ ihn sich auf eine Weise fühlen, die ihm ganz neu war.

„Möchtest du vielleicht... einen Aal probieren?" fragte er schließlich und merkte erst nach dem Aussprechen, wie merkwürdig das klang.
Das Mädchen kicherte, trat näher und sah ihn mit glänzenden Augen an. „Ich bin eigentlich gar nicht so sehr für Fisch... aber bei dir mache ich eine Ausnahme," antwortete sie leise, und Jockel spürte, wie seine Wangen sich röteten.
Es dauerte nicht lange, bis die beiden in ein Gespräch vertieft waren. Sie hieß Leni und war die Tochter eines Gemüsehändlers aus dem Nachbardorf, die ab und zu in Parchim vorbeischauten. Jockel bemerkte, dass sie seine kleinen Späße über die Eigenheiten der Parchimer mit einem leisen Lächeln quittierte und ihm an den Lippen hing, wenn er von seiner Arbeit erzählte. Die Stunden flogen dahin, und ehe er sich versah, stand er am Ende des Markttages mit ihr noch immer an seinem Stand, während die Sonne langsam unterging.
Es war ein unerwartet romantischer Augenblick – der Markt leerte sich, das sanfte Licht des Abends lag auf den Häusern, und Jockel spürte ein Kribbeln, das weit intensiver war als das vertraute Aal-Kribbeln in seinen Fingerspitzen. Er sah Leni an, und bevor er wusste, wie ihm geschah, spürte er ihre Lippen auf seinen – ein sanfter, schüchterner Kuss, der ihm das Gefühl gab, als würde die Welt um ihn herum verschwimmen.
Ab diesem Moment gehörten Leni und Jockel zusammen wie Aal und Wasser. Sie besuchte ihn nun regelmäßig am Marktstand, und er hatte immer einen besonderen Aal nur für sie aufgehoben, den er ihr mit einem schelmischen

Grinsen überreichte. Ihre Verbindung wuchs mit jedem Tag, und in einer Zeit, in der vieles unsicher war und die Nahrung knapp wurde, versprach Jockel ihr, dass sie niemals hungern würde. „Solange ich hier stehe und die Aale bei mir sind, wirst du immer genug zu essen haben," sagte er eines Tages mit fester Stimme, die ihn selbst überraschte. Diese Worte schienen in Leni etwas Besonderes zu bedeuten. Sie sah ihn an, eine Spur von Tränen in ihren Augen, und nickte. Unter Fischern war ein Versprechen wie dieses kein gewöhnliches Versprechen – es war ein Heiratsantrag. Jockel wusste, dass er nichts weiter als seine Gabe und seinen Stand am Markt besaß, doch er spürte, dass dies der größte Schatz war, den er ihr anbieten konnte. Leni verstand die Bedeutung seiner Worte, und ohne Zögern biss sie in einen frisch gefangenen, geräucherten Aal, den Jockel ihr anbot. Es war ein stilles, aber klares „Ja."

Nun stellte sich eine neue Frage: Wie könnte er Leni mehr bieten als rohe oder gekochte Aale? Der Gedanke ließ ihm keine Ruhe, und in einer stürmischen Nacht, als der Regen auf das Dach ihres kleinen Hauses trommelte, kam ihm eine Idee. Wenn er die Aale irgendwie haltbarer machen konnte, könnte er sie auch an Leni schicken, wenn sie ihn mal nicht sehen konnte – ein Geschenk der Treue, das ihr zeigen würde, dass er stets an sie dachte.

So begann das Experiment, das Parchim und die Fischerschaft revolutionieren sollte: Jockel erfand den ersten Räucherofen der Welt.

Es war eine einfache Konstruktion, mehr eine kleine, verkohlte Holzhütte mit einem abgedichteten Boden, in der er glimmende Holzspäne verteilte, während die Aale auf Holzstangen darüber hingen. Er wusste anfangs nicht, was dabei herauskommen würde, aber nach mehreren verqualmten Versuchen – bei denen seine Mutter ihn mehr als einmal fragte, ob er das Haus abfackeln wolle – stellte er fest, dass die Aale durch den Rauch eine einzigartige, köstliche Würze erhielten.
Der erste geräucherte Aal, den er Leni brachte, war ein Meisterwerk. Sie biss hinein und sah ihn mit einem Ausdruck der Bewunderung an, der ihn mehr als alles andere glücklich machte. Nun war es offiziell: Jockel, der Aaljunge, war nicht nur ein Magnet für Aale, sondern auch der Erfinder der Räucherkunst. Und die Menschen begannen, seine geräucherten Aale auf dem Markt zu kaufen, als wären sie eine seltene Delikatesse.
In den folgenden Tagen und Wochen wurde Jockel nicht nur als der Aaljunge von Parchim bekannt, sondern auch als der „Räucherkönig." Das brachte ihm und Leni eine Art Wohlstand, von dem sie in diesen schweren Zeiten nur träumen konnten. Seine Liebe zu ihr und sein Versprechen, dass sie niemals hungern würde, erfüllte er nicht nur wortwörtlich, sondern auch mit Einfallsreichtum und einem kleinen Stückchen Magie.

Kapitel 5: Der König des Rauchs und der Aal der Herzen

Die Nachricht über Jockels Räucheraale verbreitete sich so schnell wie der Rauch selbst, der aus seinem kleinen improvisierten Ofen im Hinterhof seines Hauses aufstieg und die Nachbarschaft in ein köstliches Aroma hüllte.
Bald sprach ganz Parchim nicht nur von Jockel, dem Aaljungen, sondern von Jockel, dem „Räucherkönig." Es war ein Titel, den ihm niemand wirklich offiziell verlieh, aber in Parchim brauchte es keine offizielle Einweihung, wenn der ganze Marktplatz beim ersten Bissen die Augen verdrehte und nach mehr verlangte.
Mit jeder neuen Ladung, die er auf den Markt brachte, schien sich seine Kundschaft zu verdoppeln. Man munkelte, seine Räucheraale hätten heilende Kräfte, oder zumindest Kräfte, die stark genug waren, um einen für ein paar Stunden glücklich und satt zu machen. So ungewöhnlich wie das Phänomen selbst war auch das neue Ritual, das die Parchimer Fischer entwickelt hatten: Man nannte es „ein Aal für die Seele." Jeder Fisch, der die köstliche Räucherschicht durchbrach, schien ihnen einen kleinen Hoffnungsschimmer in den kalten, von Mangel geprägten Zeiten zu schenken.
Jockel jedoch, der längst die Routine seines geheimen Aal-Magnetismus perfektioniert hatte, nahm den neuen Ruhm mit einer Mischung aus Stolz und einer Spur Sorge entgegen. Seine größte Angst war, dass jemand, irgendwann, das Geheimnis seines Aalrufs entdecken könnte. Also

hielt er sich so bedeckt wie möglich und tauchte morgens früh am Markt auf, immer mit einem schelmischen Grinsen im Gesicht und stets bereit, die Räucherköstlichkeiten zu verteilen, bevor jemand zu viele Fragen stellen konnte.
Und dann war da noch Leni. Sie war nicht nur seine beste Kundin und größte Bewunderin, sondern auch die wichtigste Person in seinem Leben geworden. Wann immer er ihre strahlenden Augen über den Rand eines Räucheraals hervorblitzen sah, fühlte er ein warmes, fast prickelndes Gefühl in der Brust, das ihn daran erinnerte, warum er überhaupt mit dieser Räucherkunst angefangen hatte. Wenn er ehrlich war, musste er zugeben, dass die Aale zwar seine größte Einnahmequelle waren, aber Leni sein Herz füllte.
Eines Abends, als die beiden sich an einem besonders kalten Winterabend am Kanal trafen, nahm Jockel all seinen Mut zusammen und beschloss, Leni ein weiteres Versprechen zu geben. „Leni," begann er, wobei ihm seine eigene Stimme etwas fremd vorkam, „du weißt, dass du mir mehr bedeutest als all die Aale der Welt. Und ich verspreche dir – egal, wie hart es wird, egal, wie viel die anderen Fischer hungern – du wirst immer satt werden. Solange ich Aale rufen kann, wird kein Mangel uns etwas anhaben."
Erst als die Worte über seine Lippen kamen, verstand er, wie ernst er es meinte. Für die Fischer in Parchim war ein Versprechen wie dieses heilig – es war, wie wenn andere Ringe tauschten oder sich in feierlichen Worten die Ewigkeit

versprachen. Leni blickte ihn an, und ihre Wangen färbten sich im kühlen Abendlicht rot, nicht nur wegen der Kälte.
„Ich weiß, Jockel," flüsterte sie schließlich und hob ein geräuchertes Aalfilet, das er ihr für den Abend gebracht hatte. Ohne ein weiteres Wort biss sie hinein – ein symbolischer Akt, der sein Herz höher schlagen ließ. Es war ihr Einverständnis, ihr „Ja." Der Aal der Liebe war ihr gemeinsames Symbol geworden, und Jockel wusste, dass er sein Leben lang diesen Moment im Herzen tragen würde.
Natürlich hielt die Idylle nicht lange an, denn wie es im Leben oft der Fall ist, zog die Begeisterung über Jockels Räucheraale Neider und Kritiker an. Fischer, die jahrelang die geheimen Wasserstellen des Kanals gehütet hatten, schüttelten missbilligend die Köpfe. „Der Junge ist ein Zauberer," murrte einer von ihnen. „Niemand fängt so viele Aale, schon gar nicht in dieser schlechten Jahreszeit."
Doch Jockel ließ sich nicht beirren. Er hatte Leni, er hatte die Aale, und er hatte den Raucherofen, dessen hitzige Schwaden ihn fast wie einen unsichtbaren Schutzschild umgaben. Tatsächlich stellte sich das kleine Räucherhaus als nicht nur praktisch, sondern auch enorm anziehend für die Neugierigen heraus. Immer öfter trafen sich die Leute um das Haus und spekulierten über das Geheimnis seines Erfolgs.
„Vielleicht verwendet er ein besonderes Holz," mutmaßte einer der Männer, dessen Bauch eher auf regelmäßigen Fleischkonsum hindeutete als auf Aal.

„Oder er spricht lateinische Sprüche über den Aalen, bevor er sie räuchert," schlug ein anderer vor, dessen lateinische Kenntnisse sich vermutlich auf „Ave Caesar" beschränkten.
Jockel und Leni hatten inzwischen ihren Spaß daran, sich die wildesten Theorien der Dörfler anzuhören und insgeheim ihre eigenen hinzuzufügen. Eines Abends, während sie gemeinsam über dem Ofen saßen und ein paar Aale drehten, meinte Leni mit einem schelmischen Grinsen: „Weißt du, manche sagen, du hättest ein Bündnis mit den Geistern des Wassers geschlossen."
„Wirklich?" Jockel schmunzelte, und seine Augen leuchteten. „Dann sollte ich wohl besser noch einen Platz im Räucherofen für meine Geisterfreunde reservieren."
Es war dieses Geheimnisvolle, das die Magie ihrer Liebe aufrechterhielt. Für die anderen blieb Jockel der seltsame Aaljunge, der Räucherkönig, der stets mehr wusste, als er sagte. Für Leni jedoch war er einfach Jockel – ein Junge mit einem geheimen Talent und einer großen Liebe für sie und für die Aalwelt, die ihm so nah und vertraut war.
Und so lebten sie, Tag für Tag, im Herzen von Parchim, wo der Duft nach frischem Aal und glimmendem Holz eine neue Legende entstehen ließ – die Geschichte des Aaljungen und seiner großen Liebe. Der Tag, an dem Jockel und Leni sich inoffiziell das Ja-Wort mit einem Räucheraal gaben, wurde zum lokalen Mythos, der in den Stuben und an den Feuerstellen der Fischer noch viele Jahre erzählt wurde.

Für Jockel jedoch, der wusste, dass er seine Gabe nicht für immer verbergen konnte, blieb eine Frage im Herzen: Woher kam seine Gabe wirklich? War es das Erbe seines Vaters, oder gab es vielleicht ein tief verborgenes Geheimnis im Wasser von Parchim, das ihn zum Aalmagneten gemacht hatte? Das Rätsel blieb ungelöst, doch so lange er Leni an seiner Seite und Aale in seinem Räucherofen hatte, spielte es für ihn keine Rolle.

Kapitel 6: Ein Abschied und ein geheimer Brief

Die Jahre vergingen, und Jockel wurde allmählich ein fester Bestandteil des Marktes und der Geschichten von Parchim. Der Aaljunge und seine Räucherkünste waren ebenso berüchtigt wie geliebt, und es schien, als könnte nichts das Gleichgewicht seines Lebens stören. Doch das Schicksal, das manchmal so unerwartet und ohne Rücksicht handelt, hatte andere Pläne für ihn.

Eines besonders kühlen Morgens, als die ersten Nebelschwaden über den Kanal zogen und Jockel bereits mit seiner frischen Ladung Aale unterwegs zum Markt war, spürte er eine seltsame Unruhe in seiner Brust. Es war das gleiche Kribbeln, das er spürte, wenn die Aale ihn suchten, doch diesmal war es begleitet von einem kalten Gefühl der Vorahnung. Ohne zu wissen, warum, packte er seine Aale ein wenig schneller ein als sonst und machte sich auf den Heimweg.

Zu Hause angekommen, fand er seine Mutter, die ihm ein Lächeln schenkte, das seltsam sanft und ruhig wirkte. Ihr Gesicht war blass, doch ihre Augen hatten das gleiche Funkeln, das Jockel aus seiner Kindheit kannte, als sie ihm Geschichten über das Dorf erzählte. Er setzte sich neben ihr Bett und hielt ihre Hand, die sich kalt anfühlte.

„Jockel," begann sie leise und drückte seine Hand ein wenig fester, „ich werde bald zu deinem Vater gehen." Sie sprach in einem Ton, der überraschend friedlich klang, fast als hätte sie sich schon lange mit dieser Reise abgefunden.

Jockel schluckte und spürte, wie seine Kehle sich zuschnürte. Der Gedanke, sie zu verlieren, war ihm bis dahin nie wirklich in den Sinn gekommen. Sie war einfach immer da gewesen – seine Mutter, die stets eine Tasse warmen Tee bereit hatte, die still und stark hinter ihm stand, wenn er sich an die Herausforderungen des Lebens wagte.

„Mama…" flüsterte er, nicht sicher, was er sagen sollte.

Sie legte ihre Hand auf seine und sah ihm in die Augen. „Ich möchte, dass du etwas hast. Etwas, das dein Vater mir vor langer Zeit gegeben hat, das ich für dich aufbewahrt habe. Ich wollte es dir erst geben, wenn du alt genug bist." Mit zitternden Händen griff sie unter das Kissen und zog einen kleinen, versiegelten Umschlag hervor.

Jockel nahm den Brief entgegen und sah auf die vertraute Handschrift, die ihm sofort ins Auge fiel. Es war die Handschrift seines Vaters – kantig und entschieden, als hätte jeder Buchstabe seine eigene kleine Geschichte. Der Umschlag war vergilbt und etwas fleckig, als hätte er schon viele Jahre an einem sicheren Ort gelegen und auf diesen Moment gewartet.

„Öffne ihn nicht jetzt," sagte seine Mutter sanft, ihre Stimme kaum mehr als ein Flüstern. „Lies ihn, wenn du bereit bist. Dein Vater hatte Dinge zu sagen, die du vielleicht erst jetzt verstehen kannst."

Er nickte, zu bewegt, um Worte zu finden. Es fiel ihm schwer, das Gewicht des Augenblicks zu begreifen – die Stille zwischen ihnen, der Abschied, der unausweichlich schien. Er legte

den Umschlag vorsichtig beiseite und hielt ihre Hand fest, während sie in die Ferne blickte, als ob sie bereits die sanften Wellen des nächsten Lebens spürte, die sie mit sich zogen.
In den nächsten Tagen hielt er sich oft in ihrer Nähe auf, sprach wenig und ließ die Zeit einfach vorüberziehen. Sie wurde immer schwächer, doch ihre Augen behielten den sanften Glanz.
Eines Abends, als die Dunkelheit sich über das Haus senkte und nur das leise Knacken des Feuers im Kamin zu hören war, legte sie ihre Hand ein letztes Mal auf seine.
„Vergiss nicht, wer du bist, Jockel," murmelte sie, ihre Stimme so leise, dass es beinahe ein Windhauch hätte sein können. „Dein Vater und ich... wir sind stolz auf dich."
Und dann war sie fort. Ein Hauch, ein Lächeln, eine Erinnerung, die mit ihm verschwand.
Jockel blieb lange an ihrem Bett sitzen, das leise Rauschen der Bäume draußen und die Stille des Hauses, das nun so leer schien, waren die einzigen Zeugen seines Abschieds. Er nahm den Brief seines Vaters in die Hand und spürte das Gewicht der ungeöffneten Worte, die darauf warteten, entdeckt zu werden. Es war ein seltsames Gefühl, als würde sein Vater ihn aus der Ferne rufen, ihm noch einmal eine Nachricht schicken, die er erst jetzt verstehen konnte.
Die Tage nach ihrer Beerdigung vergingen wie in einem Nebel. Jockel ging seiner Arbeit am Markt nach, verkaufte die Aale, räucherte mit demselben Eifer wie zuvor, doch alles erschien ihm irgendwie blass und farblos, als hätte das Leben einen Teil seiner Wärme verloren. Der Brief

blieb auf seinem Nachttisch liegen, stets präsent, ein kleines Stück Vergangenheit, das ihn an seine Eltern erinnerte und ihn zugleich daran hinderte, den nächsten Schritt zu tun.
Eines Nachts, als der Wind gegen die Fensterscheiben trommelte und das Haus in Dunkelheit gehüllt war, nahm er den Umschlag in die Hand. Er spürte die Worte seines Vaters, die darin eingeschlossen waren, als lebten sie bereits in seinem Inneren. Jockel wusste, dass es Zeit war. Zeit, den letzten Teil der Geschichte seines Vaters zu erfahren und vielleicht, nur vielleicht, das Rätsel seiner eigenen Gabe endlich zu entschlüsseln.

Kapitel 7: Der Brief

Lieber Jockel,
wenn du diesen Brief liest, bin ich wohl schon an einen anderen Ort gegangen – einen Ort, der sich uns wie das ferne Glucksen der Fische entzieht, wenn wir am Ufer stehen und ins Wasser blicken. Ich hoffe, dass dir meine Worte helfen, einige der Fragen zu beantworten, die ich selbst nie wirklich laut aussprechen konnte. Vielleicht sind es auch Fragen, die du erst jetzt wirklich zu stellen beginnst.
Ich nehme an, du hast bereits bemerkt, dass die Aale dich auf eine Weise suchen, wie sie sonst niemanden suchen. Ich selbst habe viele Jahre gebraucht, um zu verstehen, dass dieses seltsame Band zu den Aalen ein Teil unseres Erbes ist – eine Fähigkeit, die nicht jeder hat und die, so eigenartig es auch klingt, von Generation zu Generation weitergegeben wird. Ich habe als junger Mann damit gehadert, bis ich eines Tages begriff, dass es ein Geschenk ist, eine Gabe, die uns mit der Welt des Wassers verbindet, mit all dem, was darin lebt und uns umgibt.
Es war ein kalter Wintermorgen, als ich es zum ersten Mal bemerkt habe. Die Aale schienen mich zu rufen, als hätten sie einen Wegweiser direkt zu mir gefunden. Es war ein Gefühl, das schwer zu beschreiben ist – eine Art Kribbeln, das in den Fingerspitzen beginnt und dann durch den ganzen Körper wandert. Ich wusste damals, dass ich anders war, aber ich habe lange Zeit gebraucht, um diese Andersartigkeit zu akzeptieren. Vielleicht hast du es schon

einfacher, vielleicht hast du bereits gelernt, damit umzugehen, oder zumindest, die Aale zu lenken, so wie ich es schließlich konnte.
Doch es gibt noch mehr, Jockel, und das ist der eigentliche Grund, warum ich diesen Brief geschrieben habe. Ich will, dass du weißt, dass unsere Verbindung zu den Aalen uns nicht nur an Land begleitet, sondern auch unter der Wasseroberfläche eine besondere Bedeutung hat. Es mag verrückt klingen, aber irgendwann wirst du es verstehen: Wir können unter Wasser atmen, Jockel. Ja, du hast richtig gelesen. Wie die Aale selbst sind wir in der Lage, die Luft des Wassers zu atmen und die Welt unter der Oberfläche zu betreten, als gehörten wir dorthin. Ich selbst habe dies nur durch Zufall entdeckt, und es war ein Erlebnis, das mir die Augen für unsere wahre Natur geöffnet hat.
Es wird sich zu Beginn seltsam anfühlen, und du wirst denken, es sei ein Traum, doch ich versichere dir: Es ist echt. Wenn du dich irgendwann dazu entschließt, tief genug ins Wasser zu gehen, wirst du bemerken, dass die Luft sich in deinen Lungen anders anfühlt, dass du dich schneller und freier bewegen kannst als jeder andere. Wir gehören auf eine Weise zum Wasser, die ich bis heute nicht vollkommen verstehe, aber ich hoffe, dass du den Mut findest, es zu entdecken.
Vielleicht fragst du dich, warum ich dir dies nie erzählt habe, warum ich nie die Gelegenheit ergriffen habe, dich direkt in unser Geheimnis einzuweihen. Ich schäme mich fast, dir dies zu gestehen, aber ich selbst habe mich oft vor

dieser Macht gefürchtet, als würde sie mir die letzte Kontrolle über mein eigenes Leben nehmen. Doch du bist anders, Jockel. Du hast ein offenes Herz und eine Neugier, die stärker ist als jeder Zweifel. Ich glaube daran, dass du diese Gabe auf eine Weise nutzen kannst, die selbst mir fremd ist.

Aber bevor du dich ganz in die Welt unter den Wellen begibst, gibt es eine letzte Sache, die ich dir ans Herz legen möchte: Höre auf den Riesenaal. Ja, das klingt sonderbar, und doch wirst du verstehen, was ich meine, wenn die Zeit gekommen ist. Es gibt ein Wesen, das die Aale leitet, ein uralter Geist des Wassers, der mir in meinen Träumen erschienen ist. Ob es wirklich ein Aal ist oder ein Sinnbild, das wir verstehen sollen, kann ich dir nicht sagen. Aber was auch immer er dir zeigt, welche Richtung er dir weist – höre genau hin. In ihm findest du die Wahrheit, die ich selbst nie ganz erfassen konnte.

Und so endet mein Brief an dich, lieber Sohn. Ich wünsche dir den Mut, das Wasser zu erkunden, die Tiefe zu umarmen und die Geheimnisse unseres Erbes anzunehmen. Ich bin stolz auf dich, Jockel, und egal, wohin dich dein Weg führt, du trägst immer einen Teil von mir in dir.

Wir sehen uns an anderer Stelle. Einen Teil von mir ist in Dir. Höre auf den Riesenaal. Dein Papa in Liebe

Kapitel 8: Die unvergessliche Aal-Odyssee

Es war ein strahlender Morgen, als Jockel, der Brief seines Vaters immer noch frisch im Kopf, am Rand eines kleinen Sees stand und tief einatmete. Die Worte „Wir können unter Wasser atmen“ wiederholten sich wie ein Echo in seinem Kopf, und sein Herz pochte vor Aufregung. Dies war sein Moment, seine erste richtige Erkundung – er würde endlich herausfinden, ob das unglaubliche Vermächtnis seines Vaters tatsächlich in ihm lebte.

Jockel zog die Schuhe aus und stellte sie ordentlich nebeneinander ins Gras. Er warf noch einen letzten Blick auf die spiegelglatte Wasseroberfläche, die so einladend wirkte, als hätte der See selbst auf ihn gewartet. Mit einem breiten Grinsen auf dem Gesicht sprang er ins Wasser und tauchte ab. Zuerst war es, als würde er in die Tiefe gleiten, doch schon nach wenigen Sekunden spürte er, dass etwas anders war. Die Luft in seinen Lungen fühlte sich irgendwie… ausreichend an. Es war, als könnte er das Wasser selbst atmen, und es schien ihm gar nichts auszumachen.

Dann kam der nächste Teil seines Plans: Er wollte sehen, ob er wirklich schneller schwimmen konnte als ein normaler Mensch. Und so begann er, loszuschwimmen, und zwar mit einer Geschwindigkeit, die ihn selbst erstaunte. Er raste durch das Wasser wie ein Aal auf der Flucht und fühlte sich dabei so leicht und frei, als hätte er den Boden unter den Füßen für immer verlassen. Die Welt oberhalb der Oberfläche war für diesen

Moment vergessen, und Jockel tauchte tiefer und schneller als je zuvor.
Was er allerdings vergessen hatte, war die „kleine" Nebenwirkung seiner Gabe – das Anziehen der Aale. Wie eine unsichtbare Kraft, die in seinem Blut pulsierte, rief seine Präsenz die aaligen Bewohner des Sees zu ihm, und noch ehe er es merkte, schwamm er in einem wogenden Schwarm, einer aaligen Prozession, die ihm durch das Wasser folgte wie ein Schatten.
Als er schließlich das andere Ufer des Sees erreichte, fühlte er sich unglaublich lebendig. Er schüttelte sich das Wasser aus den Haaren, atmete tief ein und kletterte mit einem triumphierenden Grinsen ans Ufer. Doch kaum hatte er den Boden unter den Füßen, hörte er ein seltsames Geräusch, ein leises Glucksen und Platschen, das ihn irritiert innehalten ließ. Langsam drehte er sich um, und was er sah, ließ sein triumphierendes Grinsen zu einem erstaunten „Oh!" erstarren. Hinter ihm, dort, wo er eben aus dem Wasser gestiegen war, tummelte sich eine Armee von Aalen, die alle gleichzeitig aus dem See sprangen und wie eine seltsame, lebendige Decke über das Ufer krochen. Sie zappelten und rollten sich, ein glitschiges Spektakel, das Jockel mit offenem Mund beobachtete.
„Na, das ist mal ein Empfangskomitee," murmelte er, halb belustigt, halb entsetzt. Die Aale bewegten sich immer noch in seine Richtung, als hätten sie nichts anderes im Sinn, als ihm zu folgen, wohin er auch ging. Doch jetzt, da sie das Wasser verlassen hatten, blieben sie am Ufer und

fingen an, unruhig zu zappeln, als ob sie ihre Entscheidung bedauerten, ihm an Land zu folgen.
Jockel schaute hinüber zur Straße, die vom See in Richtung seines Hauses führte, und ein Gedanke schoss ihm durch den Kopf: Leni. Er rannte los, so schnell seine Beine ihn trugen, und ließ die aalige Armee hinter sich, die sich weiterhin ungeduldig am Ufer wälzte.
„Leni! Leni!" rief er schon von weitem, als er auf das Haus zustürmte.
Leni trat aus der Tür, ihre Augen weiteten sich vor Überraschung, als sie ihn atemlos ankommen sah.
„Was ist denn los, Jockel? Bist du einem Seeungeheuer begegnet?" Sie kicherte, doch ihr Lächeln verblasste, als sie sein aufgeregtes Gesicht sah.
„Nein, viel schlimmer! Eine ganze Aalflut hat sich auf dem Ufer versammelt," stieß er hervor, und obwohl er es selbst kaum glauben konnte, gab er eine knappe Schilderung dessen, was passiert war. „Die Aale sind mir gefolgt. Hunderte von ihnen. Vielleicht sogar Tausende!"
Leni sah ihn mit einer Mischung aus Belustigung und Erstaunen an, doch sie verstand schnell, was zu tun war. „Dann schnappen wir uns die Karren und das Pferd und holen diese Fische, bevor die Dörfler sie entdecken."
Sie eilten zum Stall, holten die alte Lastkarre heraus und spannten das Pferd an, das wohl ahnte, dass dies ein ungewöhnlicher Ausflug war. Gemeinsam fuhren sie den Weg zum See zurück, und als sie dort ankamen, sahen sie das ungewöhnliche Schauspiel: Ein wogendes,

zappelndes Aalmeer breitete sich vor ihnen aus, wie ein Teppich, der sich am Ufer ausgerollt hatte und darauf wartete, eingesammelt zu werden.
Es dauerte Stunden. Sie mussten viermal mit der Karre hin- und herfahren, und obwohl sie bis spät in die Nacht ackerten, blieb ein Teil der Aale immer noch am Ufer liegen, als ob sie selbst von dieser merkwürdigen Anziehungskraft verwirrt wären. Am Ende waren Leni und Jockel völlig erschöpft, doch sie hatten mehr Aale eingesammelt, als sie jemals zuvor besessen hatten.
Sie sahen sich an und begannen beide zu lachen. Es war das verrückteste Abenteuer ihres Lebens gewesen, und es gab keinen Zweifel – das Vermächtnis seines Vaters war nicht nur real, sondern voller Überraschungen, die Jockel noch nicht einmal zu verstehen begonnen hatte. Der Aaljunge von Parchim war nicht nur ein Fischer – er war ein Magnet, ein Mysterium, eine lebende Legende, die das kleine Dorf noch lange beschäftigen würde.
Und als sie die letzten Aale in die Karre luden und das Pferd mit einem sanften Klaps in Bewegung setzten, fühlte Jockel eine seltsame Zufriedenheit. Sein Leben war in vielerlei Hinsicht ungewöhnlich, doch mit Leni an seiner Seite und einer Aalflut, die ihm folgte, wo immer er ging, war er bereit, jedes Abenteuer anzunehmen, das das Leben ihm noch bringen würde.

Kapitel 9: Die Botschaft des Großvaters

Jockel erwachte mit einem merkwürdigen Frösteln und stellte sofort fest, dass etwas nicht stimmte. Die Laken unter ihm waren feucht, fast tropfend, als wäre er in einem flachen See und nicht in seinem Bett aufgewacht. Verwundert tastete er über die durchnässte Bettdecke, die sich unangenehm kalt und schwer anfühlte. Er rieb sich die Augen und spähte in die Dämmerung des frühen Morgens, doch etwas Entscheidenderes ließ ihn abrupt innehalten.

Zwischen seinen Beinen, schwer und gleitend wie ein lebendiger Schatten, lag ein Aal – oder zumindest das, was im ersten Moment wie ein Aal wirkte. Doch dann, als Jockels Blick schärfer wurde, erkannte er das Ungeheuerliche: Der Aalkopf war kein Aalkopf. Er war menschlich.

Ein menschliches Gesicht, alt und faltig, fast durchsichtig in der Blässe des Morgengrauens, blinzelte ihn mit seltsam klugen Augen an. Der Mund des Wesens öffnete sich langsam, und mit einem leichten Zischen entströmte ihm eine Stimme, die Jockel bis ins Mark erschütterte.

„Ich... bin dein Großvater."

Jockel konnte weder einen Laut noch eine Bewegung hervorbringen. Alles in ihm wollte schreien, doch der Schock hielt ihn fest im Griff, wie ein Netz, das er sich selbst nicht hätte vorstellen können. Der menschliche Aal schob sich ein wenig näher, sodass Jockel den feinen Glanz der nassen Schuppen auf dem Körper des Wesens sah, die an einigen Stellen wie alterndes Leder wirkten.

„Ich weiß, es ist… ungewöhnlich, mich so zu sehen," zischte der Großvater, und in seinem Mundwinkel war eine Andeutung von etwas zu erkennen, das vielleicht einmal ein Lächeln war. „Aber das Wasser fordert uns alle irgendwann zurück. Generation für Generation gehen wir ins Wasser zurück, wo unsere Seelen und Körper… sich verändern."

Jockel schluckte, und sein Kopf schwirrte zwischen Furcht und Neugier. „Wieso… wieso kommst du dann zu mir? Was soll ich tun?"

Der Großvater schob sich weiter über das Bett, sodass er nun direkt vor Jockels Augen lag. „Dein Vater… wächst gerade irgendwo in einem stillen See, vom Glasaal zum AltAal," sprach der Großvater, seine Stimme nun so leise, dass sie kaum mehr war als ein Hauch. „Auch du wirst eines Tages gehen. Doch bis dahin, Jockel, sollst du auf die Köpfe achten."

Jockel starrte seinen Großvater an, und seine Gedanken wirbelten, wie ein Sturm, der aus der Tiefe kam. „Die Köpfe?" fragte er schließlich, seine Stimme nur ein Flüstern.

„Ja… die Köpfe. Die Generationen, die kommen und gehen. Sie kehren zurück, und manchmal vergessen wir unsere alte Gestalt. Achte auf jeden Kopf, den du im Wasser siehst – nicht alles, was aussieht wie ein Aal, ist nur ein Aal." Der Großvater richtete sich ein wenig auf, als wollte er Jockel noch etwas Zuflüstern, doch er hielt inne, seine Augen verengten sich.

„Du wirst wissen, wenn deine Zeit kommt. Der Riesenaal wird dir den Weg zeigen… doch bis dahin, mein Junge, halte dich fern von dem, was nicht in deinem See schwimmen sollte."

Mit einem letzten, fast liebkosenden Blick glitt der Großvater vom Bett herunter, seine langen, glitschigen Bewegungen hinterließen ein feuchtes Muster auf dem Holzfußboden, das Jockel wie hypnotisiert verfolgte. Der Aal mit dem menschlichen Kopf wandte sich zur Tür, drehte sich ein letztes Mal um und sagte in einem sanften, zischenden Ton: „Wir sehen uns im Wasser."

Jockel verfolgte das Wesen mit den Augen, bis es schließlich den Raum verließ, hinaus in die Morgendämmerung, in den nahegelegenen Wald. Ein leises Rascheln und Glucksen war das Letzte, was von ihm zu hören war, bevor alles wieder still wurde.

Er blieb reglos sitzen, sein Herz raste, und ihm war, als würde er aus einem Traum erwachen, nur dass die feuchten Laken und der Aalgeruch in der Luft ihm klarmachten, dass dies kein Traum war. Das Vermächtnis seiner Familie, das

Geheimnis des Wassers, schien plötzlich tiefer und düsterer als je zuvor. Und in seinem Kopf hallte die letzte Warnung seines Großvaters wider: „Achte auf jeden Kopf."

Jockel wusste, dass er gerade die Grenze zwischen der Welt der Menschen und der Welt des Wassers überschritten hatte – und dass der Weg zurück womöglich schwieriger war, als er es sich je hätte vorstellen können.

Kapitel 10: Die Köpfe der Tiefe

Jockel konnte kaum schlafen. Die Begegnung mit dem Großvater-Aal, dessen warnende Worte und die feuchte Spur, die das Wesen zurückgelassen hatte, hielten seine Gedanken wie in einem Sturm gefangen. Der Satz „Achte auf jeden Kopf" pochte in seinem Verstand, wie ein wiederkehrender Klang in tiefer Nacht. Er lag lange wach, starrte in die Dunkelheit, bis der Morgengrauen langsam das Zimmer erhellte und ihm klar machte, dass es keinen einfachen Weg zurück gab. Die Welt des Wassers, so sehr er sie als Fischer kannte, war tiefer und unheimlicher als alles, was er bisher erlebt hatte.

Leni merkte sofort, dass etwas nicht stimmte. Als sie am Morgen ins Haus zurückkam und Jockel auf dem durchnässten Laken sah, die Augen weit und abwesend, ließ sie ihr Marktwerkzeug fallen und eilte zu ihm. „Jockel, was ist passiert? Du siehst aus, als hättest du einen Geist gesehen."

Er schluckte und versuchte, die seltsamen Bilder in Worte zu fassen. „Ich… Leni, da war ein Aal, aber… er war kein gewöhnlicher Aal. Er sprach zu mir. Mit einem Menschenkopf. Er sagte, er sei mein Großvater."

Leni blinzelte, und für einen Moment sah er das gleiche Erstaunen in ihren Augen, das er selbst empfunden hatte. Doch nach einem Moment nahm sie seine Hand und nickte. „Du hast eine Gabe, Jockel. Wenn dein Großvater zu dir spricht, ist es vielleicht das Wasser, das dich ruft. Aber… du musst vorsichtig sein."

Er wusste, dass sie Recht hatte. Doch die Warnung seines Großvaters lastete schwer auf ihm, und er wusste, dass er die Wahrheit herausfinden musste, was auch immer das bedeutete. Am frühen Nachmittag, als der Wind die Oberfläche des Sees kräuselte und das Wasser ein tiefes, unergründliches Blau annahm, beschloss Jockel, den Sprung zu wagen und tiefer in die Mysterien einzutauchen, die sich unter der Oberfläche verbargen.

Er zog seine Stiefel aus, schloss die Augen und konzentrierte sich auf das Kribbeln, das durch seine Fingerspitzen zu wandern begann – das gleiche Kribbeln, das ihm jedes Mal verriet, dass die Aale sich näherten. Er atmete tief ein und tauchte in das kalte Wasser des Sees.

Die Tiefe schloss sich über ihm wie ein schwerer, doch friedlicher Mantel, und er fühlte die ungewohnte Freiheit seiner Lungen, die das Wasser aufnahmen, als wäre es Luft. Er bewegte sich schneller, als er es je an Land getan hatte, und spürte die Strömungen um sich herum, die ihn trugen, als wäre er selbst Teil dieser geheimnisvollen Welt.

Doch schon nach wenigen Metern spürte er, dass er nicht allein war. Ein unheimlicher Sog folgte ihm, und als er sich umsah, sah er sie – die Köpfe. Überall in der Dunkelheit blitzten Gesichter auf, halb Aal, halb Mensch, die ihn mit hohlen Augen anstarrten. Einige schienen seine Züge zu tragen, als wäre er in einem schattenhaften Spiegelkabinett gefangen. Andere hatten fremde, längst vergessene Merkmale, Gesichter von Ahnen, die tief in der Familiengeschichte

vergraben waren. Sie glitten durch das Wasser, umkreisten ihn und verschwanden wieder, als wären sie Geister, die nur darauf warteten, ihm etwas zu offenbaren.
Jockel wollte zurück, doch irgendetwas hielt ihn gefangen. Es war nicht nur die Warnung seines Großvaters; es war eine Art Instinkt, der ihm sagte, dass die Antworten, nach denen er suchte, irgendwo hier unten lagen.
Ein besonders großes Wesen glitt vor ihm auf und ab, ein uralter Aal mit einem Gesicht, das fast wie das seines Vaters aussah. Jockel erschrak, als er erkannte, dass dieser Aal ihn musterte, als ob er ihm Fragen stellte, auf die er keine Antwort hatte.
„Vater?" flüsterte Jockel, und das Wort schien im Wasser zu zergehen, doch das Wesen bewegte sich leicht, als ob es ihn tatsächlich gehört hätte.
Eine Hand – oder vielmehr eine Flosse, die sich zu einer Art Hand formte – wies in eine Richtung, wo das Wasser noch dunkler und kälter war.
Jockel wusste, dass dies die tiefste Stelle des Sees war, und er fühlte einen Drang, dem Wink zu folgen, obwohl eine leise Stimme in ihm schrie, dass er vorsichtig sein sollte. Doch der Drang, die Wahrheit zu erfahren, war stärker als jede Furcht.
Er bewegte sich vorwärts, immer tiefer, bis das Licht über ihm zu einem fernen Schimmer wurde.
Schließlich erreichte er eine Stelle, an der die Aale sich schützend um ihn legten, als wären sie eine Armee, die ihm den Weg weist. In dieser Tiefe spürte er das letzte Beben der Welt über sich, und er wusste, dass er an einem Punkt angekommen war, von dem es kein Zurück mehr gab.

Doch statt einer Antwort hörte er die Stimme seines Großvaters, die aus den Wänden des Wassers selbst zu kommen schien. „Höre auf den Riesenaal, Jockel. Er wird dir die letzte Antwort geben."
Ein Schauder durchlief ihn, als ein riesiges, fast unsichtbares Wesen, so alt wie der See selbst, langsam in seiner Nähe auftauchte. Der Riesenaal – das Urwesen, das Geheimnis, das ihm all seine Antworten geben könnte, wenn er nur bereit wäre, die letzte Grenze zu überschreiten. Aber Jockel wusste nun, dass dies kein Moment für heute war. Mit einem letzten Blick auf das Wesen um ihn herum und die Wahrheit, die ihm der Riesenaal offenbarte, stieß er sich ab, schneller als je zuvor. Seine Beine bewegten sich wie Flossen, seine Lungen zogen das Wasser ein, das ihn frisch und lebendig durchströmte, und ehe er sich versah, hatte er die Oberfläche durchbrochen und stand keuchend am Ufer, das Wasser tropfte von ihm, und ein Gefühl von Ehrfurcht überkam ihn.
Vielleicht war das Erbe, das er trug, größer und dunkler, als er sich je hätte vorstellen können, aber er wusste, dass dies erst der Anfang war. Die Köpfe der Tiefe hatten ihm nur den ersten Hinweis auf das große Geheimnis der Generationen gegeben, und er war bereit, was auch immer es ihm bringen würde.

Kapitel 11: Der Ruf des Riesenaals

Seit seiner Begegnung mit den Köpfen der Tiefe und dem Riesenaal war für Jockel nichts mehr wie zuvor. Das leise Raunen des Wassers, die Schatten der Aale, die ihn immer umgaben, und vor allem die Stimme seines Großvaters lasteten schwer auf ihm. Es war, als hätte sich ein unsichtbares Band um ihn gelegt, das ihn immer wieder zurück zum See zog, auch wenn er wusste, dass das, was ihn dort erwartete, ihn möglicherweise für immer verändern würde.
Leni, die ihn nach jener ersten Rückkehr mit einer Mischung aus Sorge und Faszination beobachtete, hielt sich zurück, ließ ihm den Raum, den er brauchte, und doch spürte Jockel, dass sie ahnte, dass dies keine gewöhnliche Erkundung war. „Pass auf dich auf, Jockel," sagte sie eines Abends leise, während sie am Ufer standen und die Sterne sich im Wasser spiegelten. „Die Welt des Wassers… sie nimmt mehr von dir, als du vielleicht bereit bist zu geben."
Er sah sie an, und in ihrem Blick lag eine Weisheit, die ihn kurz innehalten ließ. Doch der Ruf des Wassers, der Drang, die letzte Antwort zu finden, war stärker. Und so zog es ihn erneut in die Tiefe, in der Hoffnung, das große Geheimnis seiner Familie zu entschlüsseln.
Diesmal war er vorbereitet. Er tauchte ein, ohne zu zögern, und ließ das Wasser über sich zusammenschlagen. Das Kribbeln durchzog ihn sofort, ein vertrautes Gefühl, das ihn beruhigte und ihm das Gefühl gab, zu Hause zu sein. Die Aale schlossen sich ihm fast sofort an und

schwebten wie ein lebender Schleier um ihn herum, während er tiefer und tiefer glitt.
Der Riesenaal wartete. Er spürte seine Präsenz, das uralte Wesen, das irgendwo in der Dunkelheit auf ihn lauerte, und je näher er ihm kam, desto mehr spürte er das Flüstern seiner Vorfahren, das ihn antrieb, die Wahrheit endlich zu erkennen. Als das Wasser um ihn herum kälter und schwerer wurde, sah er den Schatten des Riesenaals, wie ein Wesen aus einer anderen Welt, eine wabernde, riesige Gestalt, die sich in der Dunkelheit bewegte.
„Du hast mich gerufen," flüsterte Jockel, seine Stimme fast unhörbar in der Tiefe des Sees.
Der Riesenaal glitt näher, seine Augen leuchteten wie winzige Fackeln im Dunkeln, und ein uraltes Wissen schien sich darin zu verbergen. „Du suchst nach Antworten, Jockel," zischte die tiefe Stimme des Riesenaals, und das Wasser schien sich um ihn herum zu verdichten, als ob die Wahrheit, die er suchte, bereits schwer auf ihm lastete. „Aber jede Antwort bringt eine Bürde mit sich."
„Ich weiß," flüsterte Jockel, seine Augen fest auf das mächtige Wesen gerichtet. „Ich bin bereit."
Der Riesenaal glitt näher, und das Wasser schien mit jedem Atemzug, den Jockel nahm, schwerer zu werden. „Du bist Teil des Wassers, Jockel. Deine Vorfahren haben diese Gabe von Generation zu Generation weitergegeben, doch nur wenige hatten den Mut, die Tiefe zu suchen. Viele von ihnen verloren sich, wurden eins mit der Dunkelheit, bis ihre Gesichter nur noch schwache Spiegelbilder am Grund der Seen und Flüsse waren. Auch dein Vater… gehört nun zu uns."

Ein Schauer lief Jockel über den Rücken. „Warum ich?“ fragte er, seine Stimme kaum mehr als ein Flüstern.
„Weil du den Mut hast, die Grenze zu überschreiten, ohne deine Seele zu verlieren,“ antwortete der Riesenaal mit einem leichten Zischen, das sich wie ein Lachen anhörte. „Doch merke dir dies: Jeder, der die Geheimnisse des Wassers sucht, muss bereit sein, Opfer zu bringen. Nicht alle, die rufen, können die Antworten ertragen.“
Jockel nickte langsam, und obwohl er wusste, dass er noch lange nicht alle Antworten erhalten hatte, spürte er, dass die Wahrheit ihn nach und nach durchdrang. Die Stimmen der Köpfe der Tiefe, das leise Flüstern seines Großvaters, das Raunen seines Vaters – sie waren alle da, lebendig in der Tiefe, wie ein Teil von ihm selbst, der auf ewig im Wasser verwoben war.
„Geh nun zurück,“ sagte der Riesenaal leise, seine Augen auf Jockel gerichtet. „Doch denke stets daran: Das Wasser wird dich immer zurückrufen. Und wenn die Zeit kommt, werde ich da sein.“
Jockel nickte, und ohne ein weiteres Wort drehte er sich um und schoss nach oben, schneller, als er es je getan hatte. Das Wasser floss über ihn, und für einen Moment spürte er die Last seiner Familie auf seinen Schultern, als ob jeder Tritt im Wasser ihn tiefer in das Vermächtnis seines Blutes zog.
Als er die Oberfläche durchbrach und schwer atmend ans Ufer trat, wusste er, dass nichts mehr so sein würde wie zuvor. Die Aale hatten ihn angenommen, das Wasser hatte ihm eine Spur

der Wahrheit gezeigt, und der Riesenaal würde auf ihn warten, wenn die Zeit gekommen war. Leni kam ihm entgegen, ihre Augen voller Fragen und Sorge, doch sie sagte nichts. Sie verstand, dass die Wahrheit, die er gesucht hatte, größer war, als Worte erklären konnten. Und Jockel, der Junge, der einst nur Aale fangen wollte, war nun ein Teil der tiefen, uralten Welt des Wassers geworden, mit einem Geheimnis, das nur ihm gehörte.

Kapitel 12: Das Gesicht des Vaters

Jockel hatte sich noch nicht vollständig von den mystischen Begegnungen erholt, die er in der Tiefe des Sees erlebt hatte, doch das Leben verlangte seine Aufmerksamkeit. Die Aale, die er immer noch mit seiner Gabe anlockte, waren weiterhin seine wichtigste Einnahmequelle. Und so machte er sich eines Morgens, getrieben von einer eigenartigen Mischung aus Alltag und Nachhall des Rätsels um den Riesenaal, wieder auf den Weg zum Markt, um neuen Aal zu fangen und zu verkaufen.

Es war ein ruhiger Tag, das Wasser glitzerte friedlich unter der Morgensonne, und Jockel konzentrierte sich darauf, die Aale heranzulocken. Das Kribbeln in seinen Fingern begann wie gewohnt, und bald darauf sah er die vertrauten, schlängelnden Gestalten im Wasser auf ihn zukommen. Er fing an zu fischen, doch in der Bewegung seiner Netze und dem Gluckern des Wassers überkamen ihn immer wieder die Gedanken an seinen Vater – an das Gesicht des Aals, das ihm in der Tiefe erschienen war, und an die Ahnung, dass sein Vater Teil der Wasserwelt geworden war.

Doch Jockel schüttelte die Gedanken ab und konzentrierte sich auf die Arbeit. Nach ein paar Stunden hatte er eine ordentliche Ladung Aale gesammelt, die ihm hoffentlich gute Einnahmen auf dem Markt bringen würden. Zufrieden und etwas erschöpft machte er sich auf den Weg in die Stadt.

Die Straßen waren belebt, und Jockel ließ sich von den Menschenmengen ein wenig ablenken, die sich um die Marktstände drängten. Er bahnte sich den Weg durch das bunte Treiben, seine Kisten voller Aale fest im Griff, als ihn ein seltsames Gefühl innehalten ließ. Es war ein leises, aber eindringliches Ziehen, das ihn dazu brachte, in eine enge, schattige Gasse zu blicken, die zwischen zwei Häuserfronten lag.
Dort, im Halbschatten, blitzte etwas auf. Eine Aalgräte lag halb im Dreck, als hätte jemand das Wesen hastig entsorgt. Jockel starrte auf das Skelett, und eine Gänsehaut überkam ihn, als er die zarten, feinen Linien des Schädels bemerkte – die Strukturen, die ihm plötzlich erschreckend vertraut vorkamen.
Eine Katze saß daneben, kaute an den Überresten und schob die Gräte mit der Pfote herum. Jockel schauderte, als sein Blick auf das Gesicht des Schädels fiel, das ihm merkwürdig vertraut erschien, und eine entsetzliche Ahnung überkam ihn. Die Strukturen, die Form… es war das Gesicht seines Vaters.
Das Entsetzen, das ihn durchzuckte, ließ ihn fast taumeln. Er starrte auf die Reste, unfähig, den Blick abzuwenden, und spürte, wie die Welt um ihn herum verschwamm. Es war, als hätte das Wasser ihn nicht nur in die Tiefe gerufen, sondern ihm ein grausames Spiel auferlegt. Hatte er es versäumt, seinen eigenen Vater zu erkennen? War sein Vater, das Wesen, das ihn in der Tiefe geführt hatte, ihm in Form eines Aals erschienen, und er hatte ihn gefangen, unwissend, was er in seinen Netzen hielt?

Ein Zittern überkam ihn, das selbst in die Finger kroch, die sich um die Aalkisten klammerten. Die Katze sah zu ihm auf, als ob sie seine Qual verstehen würde, und zog sich mit einem letzten Bissen zurück in die Dunkelheit der Gasse. Zurück blieb die Gräte, ein stummer, schrecklicher Beweis dafür, dass das Vermächtnis seines Vaters ihn auf eine Art verfolgt hatte, die er nie erahnt hätte.

„Vater," flüsterte Jockel, seine Stimme kaum mehr als ein ersticktes Krächzen. Doch die Antwort blieb aus, die Wassergeister schwiegen, und die Wahrheit, die in seinem Herzen brannte, war bitter und unverrückbar.

Jockel stand lange da, bis ihn die Stimmen der Menschen um ihn herum in die Realität zurückholten. Mit schleppenden Schritten verließ er die Gasse, doch das Gesicht seines Vaters, das ihm in der aaligen Gestalt erschienen war, blieb ihm vor Augen. Er wusste, dass er das Erbe seiner Familie nie mehr auf die gleiche Weise sehen würde. Der Aaljunge von Parchim hatte die Grenzen des Wassers überschritten – und nun hatte das Wasser ihn mit einer Wahrheit konfrontiert, die für immer ein Teil von ihm sein würde.

Kapitel 13: Das Vermächtnis

Jockel spürte das Gewicht des Verlustes wie eine kalte Hand um sein Herz. Der Gedanke, dass sein Vater als Aal eine neue Existenz gefunden hatte, nur um letztlich in Vergessenheit und Tod zu enden, verfolgte ihn Tag und Nacht. Die Gabe, die über Generationen weitergegeben wurde, hatte ihm den Vater entrissen, und nun erschien sie ihm wie ein Fluch, der an ihm haftete und das, was er liebte, in eine düstere Schattenwelt zog.

In einer Nacht, als der Wind durch die Straßen wehte und das Wasser des Kanals wie ein dunkler Spiegel glänzte, fühlte er eine seltsame Entschlossenheit. Die Welt der Menschen und die der Wassergeister, die ihn stets fasziniert und mit Fragen gequält hatte, schienen nicht mehr dasselbe zu sein. Mit schweren Schritten verließ er sein Haus, trat hinaus in die Nacht und begab sich an den Rand des Sees. Die Tiefe, die ihn einst gerufen hatte, schien nun auf ihn zu warten, wie eine stille, unvermeidliche Umarmung.

Jockel atmete tief ein, trat an die Kante und ließ sich ins Wasser sinken. Die Kälte umfing ihn sofort, doch statt des vertrauten Kribbelns, das ihn sonst beim Eintauchen begleitete, fühlte er eine beruhigende Schwere, die ihn nach unten zog, tiefer und tiefer, bis er nichts mehr sah außer Dunkelheit.

Dann war da ein Licht. Es war kein gewöhnliches Licht, sondern ein milder, beruhigender Schein, der von allen Seiten zu kommen schien. Er trieb ihm entgegen, wie ein sanfter Strom, und ehe er sich versah, fand er sich in einem Tunnel wieder.

Der Tunnel schien kein Ende zu haben, doch er fühlte, dass er auf etwas zuging, etwas, das sich wie eine finale Entscheidung anfühlte.
Mit einem letzten Schritt trat er in einen Raum, der sich ins Unendliche auszudehnen schien und zugleich von einer seltsamen, beinahe heiligen Ruhe erfüllt war. Eine Stimme, leise und voller Macht, durchbrach die Stille. „Jockel von Parchim," erklang sie, und sie trug das Wissen unzähliger Generationen in sich. „Du bist hier, um das Vermächtnis weiterzugeben. Die Gabe des Wassers muss weiterleben."
Er blinzelte und sah, dass in der Mitte des Raumes ein sanfter, schimmernder Kreis aus Wasser war, der wie ein Portal wirkte. Er wusste, dass er nur eine einzige Wahl hatte: die Person zu bestimmen, die die Gabe von nun an tragen würde.
Leni. Der Gedanke an seine Frau brachte ihm eine seltsame Art von Frieden. Sie, die ihn stets verstanden hatte, die seine Geheimnisse behütete und seine Stärke war, selbst in den dunkelsten Zeiten. Wenn es jemanden gab, dem er das Vermächtnis anvertrauen konnte, dann war es sie.
„Ich wähle meine Frau," flüsterte Jockel, seine Stimme kaum mehr als ein Hauch.
Das Licht im Raum begann, intensiver zu strahlen, und ein Gefühl der Erfüllung durchströmte ihn. Er hatte seine Entscheidung getroffen, und die Gabe würde weiterleben, nicht als Bürde, sondern als Geschenk, das in guten Händen lag.
Das letzte Bild, das er sah, war das Lächeln von Leni – warm, gütig und voller Hoffnung. Und dann

schloss sich der Raum um ihn, und die Dunkelheit umfing ihn endgültig.